roman rouge

Do**mi**n**i**que et **c**o**m**pag**n**ie

Sous la direction de
Yvon Brochu

François Gravel

David et l'orage

Illustrations
Pierre Pratt

**Données de catalogage
avant publication (Canada)**

Gravel, François
David et l'orage
(Roman rouge)
Pour enfants de 6 ans et plus

ISBN 2-89512-281-4

I. Pratt, Pierre. II. Titre.

PS8563.R388D383 2003 jC843'.54 C2002-940610-2
PS9563.R388D383 2003
PZ23.G72Da 2003

© Les éditions Héritage inc. 2003
Tous droits réservés
Dépôts légaux : 1er trimestre 2003
Bibliothèque nationale du Québec
Bibliothèque nationale du Canada
Bibliothèque nationale de France

ISBN 2-89512-281-4
Imprimé au Canada

10 9 8 7 6 5 4 3 2 1

Direction de la collection :
Yvon Brochu, R-D création enr.
Éditrice : Dominique Payette
Direction artistique et
graphisme : Primeau & Barey
Révision-correction :
Martine Latulippe

Dominique et compagnie
300, rue Arran
Saint-Lambert (Québec) J4R 1K5
Téléphone : (514) 875-0327
Télécopieur : (450) 672-5448
Courriel :
dominiqueetcie@editionsheritage.com
Site Internet :
www.dominiqueetcompagnie.com

Nous remercions le Conseil des Arts du
Canada de l'aide accordée à notre programme de publication, ainsi que la SODEC
et le ministère du Patrimoine canadien.

Gouvernement du Québec –
Programme de crédit d'impôt pour
l'édition de livres – SODEC

À Justine-Anne
et à Marie-Camille

Chapitre 1

Un coup de tonnerre

Avant, je vivais seul avec mon père. Parfois, je m'ennuyais. Surtout le soir, après le souper : je faisais mes devoirs, je lisais un peu, j'allais me coucher et c'est tout.

Maintenant, nous vivons avec Esther, dans notre nouvelle maison, et c'est beaucoup plus joyeux. Les repas sont dix fois meilleurs, et mon père est toujours de bonne humeur. Le soir, nous nous amusons

tous les trois et nous rions beaucoup.

J'adore ma nouvelle chambre.
Pour y aller, il faut grimper un escalier à pic comme une échelle. Le
jour, c'est génial. J'imagine que
je suis un explorateur qui escalade
une montagne, ou un pirate qui
monte en haut du plus grand mât
de son navire. Pour s'amuser, il

suffit parfois de grimper à une échelle !

Mais la nuit, c'est quelquefois moins drôle. Quand j'éteins la lumière, j'entends les planchers craquer, les oiseaux de nuit crier et le vent hurler. J'imagine des monstres, des sorcières, des vampires. On dirait que mes pensées ne veulent jamais s'endormir.

Mon père est chanceux, lui : il dort dans le même lit qu'Esther. Quand on est deux dans un lit, on a moins peur. Moi, je suis toujours seul dans ma chambre. Même Fantôme, mon chien, ne peut pas venir dormir avec moi. Il est capable de grimper l'escalier, mais il a peur de redescendre. Il a le vertige ! Pauvre Fantôme ! Parfois, j'aimerais bien aller dormir dans la

cuisine avec lui, mais je ne peux quand même pas me coucher en boule sous la table !

Ce soir, pourtant, je préférerais dormir par terre avec mon chien : il y a de l'orage dans l'air. J'ai même vu quelques éclairs. Je n'ai pas *vraiment* peur des orages, mais j'ai quand même *un petit peu* peur…

Je ne suis pas pressé de monter dans ma chambre. Je prends tout

mon temps pour me brosser les
dents. Je flatte mon chien pendant
une heure. Je retourne dans la salle
de bains pour me laver les mains…

Pendant tout ce temps, j'entends
le tonnerre qui gronde au loin.
L'orage va éclater, c'est sûr !

– Il faut aller te coucher, David !
dit mon père. Il est presque 9 h, et
tu vas à l'école demain.

Je monte les marches le plus lentement possible et, soudain, au milieu de l'escalier… BANG !

Un coup de tonnerre ! Un coup de tonnerre si fort que la maison a tremblé. J'ai vu mon père sursauter, et Esther a eu peur, elle aussi : elle a posé la main sur son cœur, comme si elle voulait l'empêcher de battre trop fort. Fantôme, lui, est allé se cacher sous la table,

la queue entre les jambes. Et moi, je suis paralysé au milieu de l'escalier.

Tout le monde reste immobile un bon moment, puis Esther propose une bonne idée :

– Si on allait dans la chambre de David ? On pourrait regarder l'orage par sa fenêtre. J'adore voir les éclairs traverser le ciel.

– Excellente idée, répond mon père. Qu'est-ce que tu en dis, David ?

Je pense que c'est une idée géniale, mais je ne veux pas qu'ils croient que j'ai peur de l'orage, alors je me contente de hausser les épaules et de répondre :

– Si vous voulez…

Ensuite je monte l'escalier quatre à quatre : j'ai hâte de voir le spectacle !

Chapitre 2

Un étrange spectacle

Nous éteignons toutes les lumières pour mieux voir l'orage, et nous nous installons à ma fenêtre. Le ciel est comme un grand écran de cinéma, un immense écran noir. Parfois, on ne voit rien du tout et le village est plongé dans l'obscurité. Mais parfois, quand un éclair apparaît, on voit comme en plein jour : le magasin de mon père, la boulangerie d'Esther, les maisons au bord du lac, tout ! Pendant une

seconde, on aperçoit même les montagnes, de l'autre côté du lac! Ensuite, tout retombe dans le noir.

Parfois, le coup de tonnerre arrive presque en même temps que l'éclair, et nous sursautons. Mais parfois, le tonnerre arrive beaucoup plus tard, et il ne fait presque pas de bruit.

– C'est parce que la lumière voyage plus vite que le son, m'explique mon père. Ils partent tous les deux en même temps, mais la lumière est toujours pressée d'arriver, tandis que le son est paresseux.

Nous retournons au salon où mon père me raconte toutes sortes de choses à propos de l'électricité. Même si je ne comprends pas tout, c'est intéressant de l'écouter.

Il utilise des mots compliqués comme *électrons* et *particules* mais, quand il voit que je ne comprends pas, il essaie d'expliquer autrement :

– C'est comme si l'électricité nettoyait chaque petit morceau du ciel, me dit-il. Voilà pourquoi ça sent si bon…

– C'est vrai que ça sent bon, dit Esther en respirant profondément. Quand j'étais petite, j'avais toujours peur des orages. Maintenant, j'aime bien les regarder par la fenêtre. Quel beau spectacle ! As-tu peur des orages, toi, David ?

– Moi ? Pas du tout !

Ce n'est pas tout à fait la vérité, mais ce n'est pas non plus un mensonge. Quand je suis avec mon père et Esther tout près de moi, je n'ai vraiment pas peur des orages !

● ● ●

Bientôt, il n'y a presque plus d'éclairs, et le tonnerre ne fait pas plus de bruit qu'un gros chat qui ronronne.

– C'était un bien bel orage, dit

mon père, mais maintenant, il est temps de dormir !

Je remonte vite dans ma chambre. Je me glisse sous mes couvertures, sûr de me rendormir facilement : je suis content de ma journée, je suis fatigué, et ma chambre sent bon. Mes draps ont été lavés ce matin. On dort toujours mieux dans des draps qui sentent bon. En plus, l'orage a

nettoyé l'air, comme dit mon père, et Esther m'a donné un baiser sur le front. J'aime beaucoup quand Esther se penche vers moi : elle sent le gâteau !

Je ferme les yeux et j'écoute : j'entends des bruits de pas dans l'escalier, l'eau qui coule dans la salle de bains, la porte de la chambre de mon père qui se referme, des bruits de voix, et puis plus rien. Peut-être qu'ils dorment déjà : mon père s'endort toujours très vite. Aussitôt la tête sur l'oreiller, il commence à ronfler !

Je continue à écouter : j'entends la pluie qui tombe sur le toit, mon chien qui rêve dans la cuisine, et puis plus rien. Tout va bien. Je commence à m'endormir, quand soudain… BOUM ! Un coup de tonnerre épouvantable secoue la maison !

Je ne le sais pas encore, mais je vivrai bientôt le pire cauchemar de ma vie…

Chapitre 3

Le cauchemar

Après le gros coup de tonnerre, un éclair illumine ma fenêtre. Un éclair tellement fort que je l'ai vu à travers mon store ! Ensuite j'entends un long craquement sinistre, puis des grincements encore plus inquiétants. On dirait des sorcières qui s'entraînent à ricaner !

Un autre BOUM ! éclate, encore plus fort que le premier. Peut-être qu'une boule de feu est tombée sur le toit ? Peut-être que c'est un monstre électrique qui essaie d'entrer dans ma chambre ? Peut-être que c'est une nouvelle sorte de monstre qui n'a jamais existé avant ?

Mon père m'a expliqué beaucoup de choses à propos de l'électricité, mais il ne peut quand même pas tout savoir.

Il faut que j'essaie de calmer mon imagination. Je voudrais bien penser à autre chose, mais c'est impossible : j'entends encore des grondements et des grincements sur le toit, juste au-dessus de ma chambre, puis un autre bruit étrange. On dirait que quelque chose déboule jusqu'à ma fenêtre.

Je sors alors ma tête de sous les couvertures pour voir ce qui se passe et… je n'aurais jamais dû regarder ! Un monstre essaie d'entrer dans ma chambre ! À travers le store, je vois sa patte crochue qui tente d'ouvrir la fenêtre, et une autre patte griffue qui essaie de briser la vitre !

J'aurais envie de crier, mais ma gorge est tellement serrée que j'en suis incapable. Je voudrais me lever et courir me réfugier dans la chambre de mon père, mais il faudrait passer devant la fenêtre, et j'ai trop peur que le monstre m'attrape.

Et si j'appelais Fantôme ? Peut-
être qu'il pourrait monter et faire
peur au monstre en jappant ?

Bonne idée ! J'essaie :

– Fan… Fantôme ?

Il ne m'a sûrement pas entendu :
ma voix était tellement faible que
je ne me suis pas entendu moi-
même ! Je tousse un peu, et je re-
commence :

– Fantôme ? Tu es là, Fantôme ?

Je l'entends pleurnicher et gémir. Mon chien a encore plus peur que moi !

Je regarde une fois de plus par la fenêtre et j'ai peur de tomber sans connaissance : le monstre a maintenant trois bras ! Peut-être que c'est une sorte de pieuvre qui vit dans les nuages et qui est tombée

pendant l'orage ? Je regarde ses bras griffus et tordus, et je m'aperçois qu'ils ne bougent plus. Peut-être que la pieuvre est morte en tombant du ciel ? Ou peut-être qu'elle est assommée ? Si je ne dis rien et si je ne bouge plus du tout, peut-être qu'elle partira ?

Je me cache sous les couvertures, j'essaie de rester parfaitement immobile, de respirer le plus silencieusement possible, et...

Je pense que je finis par m'endormir : mon imagination a travaillé
tellement fort qu'elle est épuisée.

Chapitre 4

Un massacre à la scie

Quand je me réveille, le lende-main matin, je regarde tout de suite par la fenêtre : le store est encore fermé, et je vois des om-bres inquiétantes… Le cauchemar n'est pas fini ! C'est même pire qu'un cauchemar, c'est la réalité !

Tant pis ! Pas question de rester caché sous mes couvertures toute la journée ! Je me précipite en bas de mon lit, je descends l'escalier à toute vitesse, j'arrive dans la cuisine, et… il n'y a personne. Ni mon père, ni Esther, ni même mon chien. Tous disparus ! Où sont-ils passés ?

J'entends parler, dehors. Je reconnais la voix de mon père, mais plein d'autres voix s'élèvent aussi, comme s'il y avait une réunion devant la maison.

J'ouvre la porte, et j'aperçois cinq ou six hommes avec des cordes, des scies et des échelles. Ils regardent tous en l'air, en montrant du doigt le toit de notre maison.

Je m'avance un peu pour mieux voir... et je comprends tout !

Pendant la nuit, une grosse branche est tombée d'un arbre et a atterri sur le toit, juste au-dessus de ma chambre. Ensuite elle a déboulé jusque devant ma fenêtre, puis elle s'est arrêtée là. J'ai eu peur d'une pieuvre en bois !

Maintenant, les hommes discutent de ce qu'il faut faire : d'abord grimper sur le toit pour enlever la branche morte, ensuite abattre le reste de l'arbre, qui risque de tomber sur la maison et de faire encore plus de dégâts...

– Mais d'abord, dit mon père, qui vient juste de m'apercevoir, il faut féliciter notre héros.

Veut-il se moquer de moi ? Je n'ai rien d'un héros, au contraire !

– Ce jeune homme, poursuit-il,
a dormi toute la nuit, comme si de
rien n'était ! La branche a dû faire
un vacarme d'enfer en tombant,
et il ne s'est même pas réveillé !

– Toutes mes félicitations ! me dit
un homme qui tient une échelle.

– Quand j'étais jeune, je dor-
mais très dur, moi aussi, dit mon-
sieur Joseph, le vieux voisin.
Maintenant, ce n'est plus pareil.

Tout le monde me fait des compliments, et moi, je ne dis rien. Je devrais peut-être leur expliquer que j'ai eu très peur, mais je n'en ai pas envie. Et même si je le voulais, je n'en aurais pas le temps : voici Esther qui revient de sa boulangerie, les mains pleines de pains au chocolat.

– Il faut prendre des forces avant de travailler, nous dit-elle.

Moi, je suis d'accord ! Manger du pain au chocolat en regardant les hommes abattre un arbre mort, quelle belle façon de commencer une journée !

– Qu'est-ce que tu en penses, Fantôme ?

Fantôme me regarde, tout triste, et soudain je comprends ce qu'il ressent : c'était son arbre préféré !

Pauvre Fantôme ! Peut-être que je pourrais lui donner du pain au chocolat, pour le consoler ?

Dans la même collection

Achevé d'imprimer en février 2003
sur les presses de Imprimeries Transcontinental
division Métrolitho à Sherbrooke (Québec)